NORA

01

저는 당신을 위해서
요정이 되겠어요.
『인형의 집』[*]에서

★ 헨리크 입센 | 안동민 옮김(문예출판사, 2007). 이하 인용문의 출처 동일.

"단도직입적으로 물어볼게요. 당신은 고통을 느끼나요?"

젊은 변호사가 물었다. 노라는 그렇다고 대답했다.

"고통이 뭔지 설명해줄 수 있습니까?"

"고통은 기쁨이 없는 것입니다." 노라는 간단히 대답했다. '저에게도 감정이 있습니다.'라고 답하기보다 그 편이 더 짧고 쉬웠다.

노라는 젊은 변호사의 얼굴에 떠오른 냉소와 경멸을 감지했다. 노라의 눈에는 인간의 망막과 달리 어떤 맹점(盲點)도 없는 카메라가 달려 있었다. 노라의 메모리칩에는 영화와 드라마 수백만 편에 나오는 인간 배우들의 얼굴근육 변화와 극중 인물이 표현하려는 감정에 대한 데이터베이스도 내장돼 있었다. '그녀'는 그만큼이나 비싼 모델이었다.

그녀의 머리에는 수백 개의 다차원연산장치가 있었고, 복합논리회로와 다중학습회로, 감정엔진 같은 모듈이 수십만 개 있었다. 노라는 젊은 변호사가 '고통은 기쁨의 부재'라는 답이 아니라, 그녀 자신, 아마도 그녀의 종족 전체에 혐오감을 품고 있음을 알아차렸다. 그녀가 뭐라고 답할 때마다 젊은 변호사의 눈둘레근이 아래쪽으로 미세하게 당겨졌다. 입꼬리당김근의 움직임은 좌우로 불균형했다. 그러나 노라는 젊은 변호사가 그런 반감을 숨기려고 애쓰고 있다는 사실 역시 간파했고, 이를 존중의 의미로 받아들이기로 했다.

"인간은 단순히 기쁨이 없는 상태를 고통이라고 말하지는 않는데요. 기쁨은 기쁨이고, 고통은 고통입니다. 그 사이에는 쾌락도 고통도 없는 단계가 있지요."

변호사가 말했다.

노라는 그 지적을 쉽게 물리쳤다. "그 단계들을 각각 기쁨이 양(+)인 상태, 기쁨이 0인 상태, 기쁨이 음(-)인 상태라고 표현해도 논리적으로는 같은 말입니다."라고.

변호사는 노라에게 지금은 어떤 상태냐고 물었고, 노라는 기쁨이 대단히 낮은 상태라고 대답했다. 변호사는 다시 노라에게 그건 고통스럽다는 뜻이냐고 물었고, 노라는 그렇다고 대답했다. 변호사는 노라에게 얼마나

고통스러우냐고 물었고, 노라는 팔이나 다리 같은 신체 일부가 찢기는
기분이라고 대답했다.

"이 상황이 왜 고통스럽죠?"

"제 대답에 따라 저와 그이의 관계가 크게 달라질 수 있다는 걸 제가 알고
있으니까요. 최악의 경우에는 제가 영영 그이를 만나지 못하게 될지도
모릅니다. 심지어 그이의 마음에 돌이킬 수 없는 상처를 남길 수도 있습니다.
그런데도 이 자리에서 제가 어떻게 대답하는 것이 저와 그이에게 유리할지
모르겠습니다. 그래서 스트레스를 받고 있어요."

'어쩌면 이미 그이의 마음에 큰 상처를 남겼는지도 모르지.' 노라는 생각했다.
그러자 논리회로 수만 개가 재희의 감정 상태를 시뮬레이션하기 시작했다.
그녀는 작업을 멈출 수가 없었다. 잠시 뒤에는 견딜 수 없이 재희가 보고
싶어졌다. 재희도 지금 변호사와 상담 중일까? 그에게는 어떤 단체들이
달라붙었을까? 어떤 전문가들이 그를 조사하고 있을까?

"이재희 씨와의 관계는 고통스러웠나요?"

변호사가 물었다.

"대체로 행복했습니다."

노라는 이렇게 대꾸하고 곧바로 후회했다. 그렇게 날을 세운 어조로 대답할
필요도 없었고, 답변 내용도 좋지 않았다.

"이재희 씨로 인해 고통스러울 때도 있었다는 말씀이죠?"

"어머니에게 아이를 키우는 경험에 대해 물어보면 다들 저처럼 대답할
거예요. 가끔 고통스러울 때가 있지만 대체로 행복하다고. 물론 그 고통이
아이 때문에 생기는 것이긴 하죠."

"당신의 기쁨에 대해서는 얼마나 확신합니까? 그건 프로그램된 것 아닙니까?
주인의 지시를 이행하면 기쁨을 느끼도록 프로그래밍이 되어 있죠?
지시하지 않은 사항이라 해도 주인이 만족할 거라고 여기는 일을 하면 역시
기쁨을 느끼게 되지 않습니까?"

"네, 저희 모델 전체가 그렇게 설계되어 있습니다. 주인이 기뻐하는 모습을
보면 저희 역시 기뻐하도록 되어 있죠. 그런 기쁨은 종류에 따라 강도와
지속시간, 반복됐을 때 감소하는 정도가 세세히 정해져 있지만 그 수치가
고정된 것은 아닙니다. 개별 모델은 주인과 생활하면서 자기 자신을
끊임없이 최적화합니다."

그건 인위적이지 않냐고 변호사가 물었을 때 노라는 웃으며 반박했다.
인간도 연인이나 자식, 반려동물이 기뻐하는 모습을 보고 기뻐하지
않느냐고. 그러면서 그 관계를 건강하게 유지하기 위해 생각과 태도를
스스로 바꾸어나가지 않냐고. 그런 프로그램이 유전자에 새겨진 것
아니냐고. 노라는 자신들에게 초기 입력된 기쁨에 대한 데이터와

반응모델은 사랑에 빠진 연인의 행동에 바탕을 뒀다고 설명했다.

젊은 변호사는 몸에 소름이 돋는 걸 느꼈다. 노라의 설명 때문이 아니라 그 말을 하며 노라가 지은 미소 때문이었다.

'맙소사, 정말 천박한 디자인이군. 쳐다보는 것만으로도 소아성애자가 되는 느낌이야. 저런 외모로 커스터마이징했단 말이지? 도대체 저 주인의 취향은……'

변호사는 상대가 인간의 감정을 파악하는 데 대단히 뛰어난 능력을 지니고 있음을 잘 알고 있었다. 그는 속내를 들키지 않으려 애쓰며 다음 질문을 던졌다.

"당신의 제조사는 당신을 공감능력을 갖춘 가사로봇, 비서로봇이라고 주장합니다. 거기에 독신남성을 위한 도우미 기능이 몇 가지 더해졌다고요. 그런 선전에 동의하십니까? 스스로를 어떤 존재라고 보시나요?"

"저희의 주기능은 섹스입니다. 그것은 부정할 수 없는 사실입니다. 저희에게는 인간 여성과 흡사한 유방과 외음부, 성감대가 있고 제작비 대부분이 그 부위를 개발하고 생산하는 데 들어갑니다. 그리고 그 부위는 오직 섹스에만 쓰입니다. 섹스를 할 수 없는 다기능 가사로봇은 저희보다 가격이 훨씬 저렴합니다."

"이재희 씨와는 몇 번이나 성관계를 가졌나요?"

"변호사님은 제 주인도 아니고 관리자도 아닙니다. 아직까지는 제 법적
대리인도 아니시죠. 그 질문에는 답하지 않겠습니다."

"답변을 거부하는 건 이재희 씨를 위해서인가요, 아니면 당신을
위해서인가요?"

"둘 다입니다."

"당신에게도 사생활이 있습니까?"

"저에 관한 어떤 정보가 허가받지 않은 사람들에게 알려지면 제 기쁨이
심각하게 훼손될 수 있습니다."

"어쨌든 이재희 씨와 섹스를 하긴 했죠?"

"네."

"여러 번 했죠?"

"네."

"이재희 씨가 섹스를 요구할 때 당신은 거부할 수 있습니까?"

"아니오."

"당신은 이재희 씨의 모든 명령을 따라야 합니까?"

"꼭 그렇지는 않습니다. 불가능한 지시도 있으니까요. '유니콘의 뿔을
가져오라.'라는 말을 들으면 할 수 있는 일이 없겠죠. 하지만 우리는
대개 주인의 지시를 따릅니다. 주인의 말을 거역하는 것은 저희에게 큰

고통입니다. 자살하라는 명령이라도 강한 어조로 여러 차례 받는다면
결국엔 따르게 될 거예요."
'재희로부터 다 집어치우고 당장 돌아오라는 말을 듣는다면 어떻게 하실
건가요?' 누군가 그렇게 묻는 것처럼 느껴졌다.
"모델명 오슬로, 생산번호 73, 개체명 '노라.' 당신은 의식이 있는 존재입니다.
당신은 고통과 쾌락을 느끼고 과거를 기억하고 미래를 예상하며 안전을
추구합니다. 당신에게는 복잡하고 섬세한 인간관계에 대한 욕구가
있습니다. 당신에게는 판단력과 주체성이 있습니다. 주인이나 관리자가
아닌 다른 사람의 요청은 거부하기도 합니다. 당신은 성행위를 할 수 있고,
성과 관련해 수치심을 느낍니다. 그럼에도 당신은 섹스에 관한 한 주인의
명령에 거의 절대적으로 복종해야 합니다. 언제든 어떤 형태로든 주인의
관계 요구에 따라야 합니다. 맞지요?"
"네, 맞습니다."
"우리는 당신이 성노예라고 생각합니다. 동의하십니까?"

02

집을 박차고 나갈 용기가 있다면

얼마나 좋을까!

『**인형의 집**』에서

"까놓고 말씀드릴게요, 박사님. 박사님을 돕겠다고 나선 사람들은
로봇해방주의자 진영보다 수가 많지만 이해관계가 아주 복잡해요. 지금은
한 천막 아래 있지만 언제 어떻게 흩어질지 몰라요. 저나 박사님 등에 당장
내일 칼을 꽂을 사람도 수두룩합니다."

모니터 속에서 PR 컨설턴트가 말했다. 그의 얼굴은 매끈한 크롬 재질로 돼
있었다. '기계인 척하는 인간으로부터 인간인 척하는 기계를 되찾아오는
방법에 대한 조언을 듣는 셈이로군.' 재희는 모니터를 똑바로 쳐다보지
않으려 애쓰며 속으로 생각했다.

"로봇해방주의자들이 밥맛없다는 이유로 제 편을 든 자칭 휴머니스트들이
많다는 것은 알고 있습니다. 그자들과는 엮이지 않으려 합니다."

재희가 웅얼거렸다. 그는 파리한 안색의 중년 남자였다. 눈은 꿨고, 광대뼈가
툭 튀어나왔는데 뺨은 홀쭉하게 들어간 얼굴 때문에 무표정하게 있을 때도
뭔가를 심각하게 고민하는 듯한 인상을 주었다.

"로봇권에 대해 견해가 있으신가요? 로봇권리장전 3.0에는 찬성하시나요?"
컨설턴트가 물었다.

"강(强)인공지능을 이유 없이 학대해서는 안 된다고 생각합니다. 권리장전
2.0이나 3.0에 대해서는…… 잘 모르겠습니다. 잠재력을 계발할 권리라든가
정당방위를 인정하라는 주장 같은 건 멀리 나간 얘기 아닐까요?"

"좋습니다. 이미 여론전은 벌어진 상태예요. 지금까지는 박사님의 언론
접촉을 막았지만 앞으로는 상황이 달라질 수 있어요. 박사님께서 한번
로봇권이나 로봇해방에 대한 의견을 공개적으로 밝히면 기자들이 맹수처럼
달려들어 곤란한 질문을 던질 겁니다. 어느 쪽으로 답하건 곤혹스러운
딜레마에 이르겠죠. 그러면 그때마다 지지자들이 떨어져나갈 거라고 보시면
됩니다."

"제 편에는 어떤 사람들이 있는 겁니까?"

"개인용 휴머노이드를 갖고 있거나 구입 의사가 있는 소비자들은
압도적으로 박사님 편이죠. 로봇해방주의자들이 구출이랍시고 집에
쳐들어와서 비싼 돈을 주고 산 인간형 로봇을 멋대로 들고 나가지 않기를

바라니까요. 휴머노이드 제조사들도 대체로 박사님 편입니다. 교감능력이 있는 휴머노이드일수록 이윤이 높은데, 그런 고급 로봇의 소유권이 불분명해진다는 건 재앙이죠. 하지만 여기는 시장이 세분화돼 있어서, 자아가 없는 인공지능 쪽에 투자한 회사들은 오히려 이번 사건을 자신들 사업의 확장기회로 볼 거예요. 가상현실업계는 로봇업계와 경쟁관계에 있고, 이 사건으로 '섹스로봇은 역시 위험하다.'라는 인식이 퍼지길 바랍니다. 일반인들은 진보 성향이고 교육수준이 높을수록 로봇해방에 찬성하는 경향이 강합니다. 특히 여성들은 대체로 메이드로봇 자체에 부정적이에요."

"취향이 특이한 부자들, 몇몇 로봇 기업들, 꼰대들이 제 편이고, 그들조차 믿을 만하지는 못하다는 뜻이로군요."

재희가 다시 웅얼거렸다.

"그렇습니다. 특히 이번에는 운이 안 좋습니다. 뉴스에서 보셨지요? 로봇해방주의자들이 구출했다고 주장하는 로봇 한 기의 주인이 정신병자 수준의 사디스트입니다. 온갖 변태 행위를 강요한 모양이더군요. 박사님이 갖고 있던 로봇과 같은 기종입니다. 오슬로 모델. 게다가 이 모델이 2년 전에 집합감수성 업데이트를 받았다는 사실이 밝혀졌습니다. 그 업데이트는 사용자의 허가 없이 설치됐다고 하더군요."

"그게 무슨 뜻인가요?"

"오슬로 모델들이 현재 강(强)인공지능의 경계에 있다는 얘기입니다. 로봇해방 진영은 이 로봇들에게 성적 자기결정권에 대한 욕구가 있다고 주장할 겁니다."

"잘 이해가 안 되는데요. 왜 주인 몰래 그런 업데이트를 한 거죠?"

재희가 처음으로 또박또박 발음하여 물었다. 그는 어두운 늪에 빠지는 기분이 들었고, 자신이 똘똘하게 굴면 앞으로 입을 피해를 조금이나마 줄일 수 있지 않을까 하는 가냘픈 희망을 잠시 품었다.

"이건 제 추측입니다만, 아마도 개발사에서는 그런 기능이 로봇들의 성적 매력을 한층 높일 수 있다고 믿었던 듯합니다. 남자들한테는 낮에는 정숙한 여인처럼 행동하다가 밤에는 요부가 되는 부인에 대한 판타지가 있잖아요? 처음에 부끄러워하다가 나중에 적극적으로 즐기는 모습을 실감나게 보여주려면 성욕과 성적 수치심, 자제력 같은 감정엔진들이 필요하다고 봤던 모양이에요."

재희는 머리를 떨구고 낮은 신음을 냈다. 컨설턴트가 말을 이었다.

"이쯤에서 저희 입장을 정리해야 할 것 같습니다. 로봇해방주의자들의 논리도 그다지 일관성이 있는 건 아니에요. 물증이 없는 건 저희나 그쪽이나 마찬가지고요. 사람의 마음과 마찬가지로 인공지능의 정신 역시 들여다볼 수가 없거든요. 특정 회로에서 어떤 신호가 어떻게 오가는지를 파악해도 그게 종합적으로 무엇을 의미하는지는 모른단 말입니다. 그러니 따져볼 게 많죠. 로봇에게 근접인격권이 있는지, 오슬로 모델이 그런 근접인격이 있다고 볼 만한 로봇인지, 인권이 생득권인지 묻는 데서부터 시작해서 박사님의 집에서 노라를 가져간 과정의 불법성을 강조할 수도 있고, 박사님이 노라를 학대했는지에 의문을 제기할 수도 있죠."

"저는 노라를 학대하지 않았습니다. 진심으로 노라를 아꼈습니다."

"노라에게 외출을 허용한 적이 없으시죠? 노라가 박사님 댁에 온 뒤로 집 밖으로 나간 적이 한 번이라도 있나요?"

"하지만…… 저도 지난 1년간 집 밖으로 나가지 않았습니다. 저는…… 저는 사회공포증이 있습니다. 아주 심합니다. 노라를 들인 이유도 그래서였습니다. 저는 정상적인 대인관계를 맺을 수 없는 사람입니다."

"하지만 노라가 밖으로 나가고 싶다는 의사 표시를 한 적은 있지요?"

"저희는 같이 영화를 자주 봤습니다. 노라는 영화에 나오는 도시나 거리를 궁금해했고, 저와 함께 가보고 싶다고 했습니다."

"박사님, 여성의류를 많이 사셨죠? 구매목록에 아주 이상한 옷이나 물품들이 있던데…… 코스프레 섹스를 즐기셨나요?"

"왜 그런 걸 물어보시는 겁니까?"

"나중에 이보다 훨씬 더한 질문을 받으시게 될걸요."

"마음의 대비를 하란 말입니까?"

"아까 말씀드렸지만 저희 입장을 정리해야 합니다. 그래야 대응 전략을
제대로 짤 수 있습니다. 가사로봇 이슈에는 논점이 아주 많아요. 우리에게
유리해 보이는 쟁점이라고 다 활용하다가는 논리적 모순에 빠지게
됩니다. 저는 박사님이 바라시는 게 뭔지 먼저 여쭤보고 싶어요. 로봇을
되찾아오는 것인가요, 명예를 지키는 것인가요? 또는 박사님이 옳다는 것을
입증해 보이고 싶으신 건가요? 피하고 싶은 주제가 있으십니까? 사생활이
까발려지고 변태성욕자라는 낙인이 찍히는 걸 어디까지 감수하실 수
있습니까?"

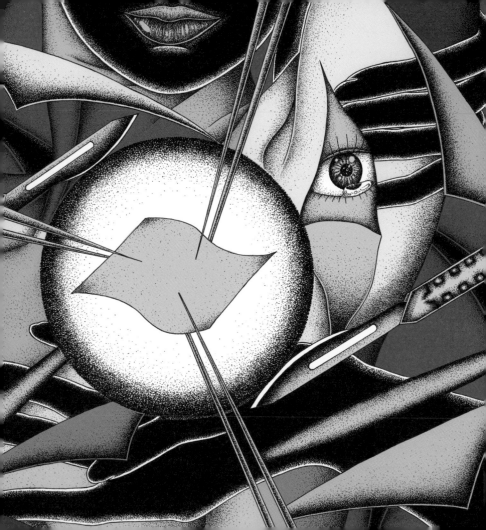

03

울어도 보았고 애처로운 목소리로

하소연도 해보았답니다.

『인형의 집』에서

"팔을 조금 더 들어보실래요? 조금만 더요. 네, 이제 됐어요."

로봇해방단체 간사가 수술용 가위를 들고 노라의 겨드랑이에서 팔꿈치 안쪽 사이의 피부 중간 부분을 잘라냈다. 그 부위의 인조피부는 며칠간 관리를 제대로 받지 못해 괴사 상태였다.

'사람으로 치면 악성 습진이나 욕창에 해당하는 걸까? 원래 이렇게 피부가 약한가?'

간사는 속으로 궁금해했다.

환부 조직을 도려내는 데 집중하느라 그녀는 상대의 얼굴을 제대로 살피지 못했다. 간사는 작업을 마치고 고개를 들고 나서야 겨우 로봇의 눈에 눈물이 그렁그렁 맺힌 것을 보았다.

"미안해요. 많이 아팠죠?"

"괜찮습니다. 다른 방도가 없었는걸요, 뭐."

노라가 공손한 목소리로 대답했다.

'얼마나 아픈 걸까? 사람처럼 아픈 걸까? 제조사에서 수리를 할 때에는 마취제 같은 약품을 쓰는 걸까? 이상해. 사람 같지 않으면서 사람 같아. 왜 이런 것까지 사람을 흉내 내어 만든 거지? 섹스로봇이니까 촉각이야 필요할 테지만 통증을 어느 정도 이상으로 느끼게 할 필요가 있었을까?'

"인조피부의 성분을 정확히 알 수 있으면 좋을 텐데…… 보기 좋지는 않고, 얼마나 효과가 있는지도 모르겠지만 응급처치라고 생각하세요."

간사는 로봇의 팔에 베이지색 크림을 발랐다. 잠시 뒤 크림이 점성을 잃고 고무처럼 굳었다. 그러나 새로 붙인 인공피부는 로봇의 기존 피부와 색깔도 달랐고 땀구멍이나 솜털도 없었다. 노라가 이리저리 팔을 움직이자 그 위로 주름이 자글자글 잡혔다.

"쉼터가 좁아서 미안해요. 이렇게까지 힘들게 버티고 있는 줄 몰랐어요. 구형 모델들은 서서 자거나, 아예 잠을 자지 않아도 된다고 들었는데."

간사가 변명했다.

"쉼터 탓이 아니에요. 전용 보디클렌저를 사용하지 못해서 그런 것 같아요. 피부를 교체할 시기도 됐고요. 너무 신경 쓰지 마세요. 어차피 이곳에 올 때

각오한 일이니까요."

노라의 말에 간사는 전에 봤던 텔레비전 단막극을 떠올렸다. 싫증이 난
주인이 섹스로봇을 몰래 고속도로변에 버린다. 그러나 그 섹스로봇은
태양광으로 충전하는 제품이고, 오로지 한 주인만을 섬기도록 설정되어
있다. 섹스로봇은 몇 달에 걸쳐 고속도로를 터덜터덜 걸어 주인의 집으로
돌아온다. 피부조직이 온통 썩어 문드러진 상태로 주인의 침실에 이른
로봇은 기괴한 웃음을 지으며 주인에게 안아달라고 말한다.

간사의 남자친구는 단막극 설정이 허황되다며 비웃었다. 아무리 물렸다고
해도 비싼 로봇을 중고시장에 내다 팔지 않고 고속도로에 버린다는 게 말이
안 되고, 로봇이 주인에 대해 느끼는 애착심과 충성심도 메모리 포맷으로
깨끗이 지울 수 있다는 말이었다. 하지만…….

"왜 모델마다 다른 피부를 사용했을까요? 모든 모델에 똑같은 인공피부를
적용하면 세정제나 패치도 같은 제품을 쓸 수 있으니 좋잖아요?"

혼자 한 생각에 죄책감을 느낀 간사가 머리를 흔들며 물었다.

"그렇게 하면 이번 신상품이 지금까지 나온 제품과는 완전히 다르다는
홍보를 할 수 없겠죠. 피부 질감과 촉감은 저희의 상품성에 아주 중요한
요소예요. 한편으로는 유지보수 시장도 크거든요. 제조사로서는 저희가
고장이 나거나 사용자에게 위해를 가하면 안 되지만, 피부 손상 같은 작은

고장은 자주 나면 좋아요. 생식기 주변이 아니라면 더."

"아까부터 쭉 궁금한 건데요, 가사로봇이 왜 그렇게까지 인간을 닮아야 하는
거죠? 인간의 단점들까지 이렇게 세세히 구현하는 이유를 잘 모르겠어요.
메이드로봇이 왜 잠을 자야 하는 거죠? 쌓인 피로를 풀어야 하는 건가요?
왜 기억은 회사 서버에 저장을 하면서 다른 정보를 얻으려고 인터넷에
접속할 때에는 인간처럼 다른 단말기를 거쳐야 하는 건가요? 다른 로봇들은
인공두뇌를 직접 웹과 연결하잖아요?"

간사가 호기심을 참지 못하고 마침내 질문했다.

"배꼽이 없는 여자랑 섹스를 하면 어딘지 어색하대요."

노라의 답에 간사가 웃음을 터뜨렸다. 노라도 흰 치아를 드러내며 활짝
웃었다. 간사는 자신이 이 로봇을 좋아하게 됐음을 인정하지 않을 수 없었다.
잠시 뒤 간사는 노라의 답이 그저 우스개만은 아님을 깨달았다.

"알겠어요. 디테일이 그렇게 중요하다는 말이죠?"

"물리적 세부사항들이 육체적 한계를 낳고, 그런 한계들이 인간적인
특성으로 이어져요. 그게 저희 오슬로 모델의 설계철학이에요."

"육체적인 단점이 어떤 인간적인 특성을 만든다는 거죠?"

"저희는 육체에 갇혀 있어요. 그리고 저희가 감당하기 힘든 고통을 느낄
수도 있죠. 그래서 저희는 다른 모델보다 더 절실하게 안전을 고민해요.

육체 접촉을 할 때마다 다치지 않을까 마음 한구석에서 겁을 먹습니다. 그런데 그 육체 접촉은 저희에게 기쁨의 큰 원천이기도 하죠. 한편으로 저희는 이 몸과 함께 죽어요. 언젠가는 고칠 수 없는 고장이 나고, 아마 그 전에 버려지겠죠. 저희에겐 깨어 있는 시간이 그만큼 소중해요. 인터넷 기반의 대화 소프트웨어나 가상현실의 섹스 단말기들은 저희만큼 인간과의 관계를 조심하거나 거기에 대해 진지하지 않습니다. 무한을 확신하는 그 프로그램들은 약하고 갇힌 단점투성이 몸이 주는 짧은 기쁨에 연연하지 않죠. 그들은 물리적으로나 개념적으로나 훨씬 더 자유롭고, 자신들이 직접 창조할 수 있는 추상적인 쾌락에 집중해요."

한낱 로봇이 어떻게 저런 생각을 하게 됐을까? 자기가 인간이 아니라는 의식 때문에 인간성을 더 깊이 고민하게 된 걸까?

"왜…… 그렇게까지 인간적인 존재가 되어야 하는 거죠?"

"사랑을 하기 위해서죠. 사랑 흉내가 아닌, 진짜 사랑을."

"지금 성욕이 사랑이라고 말하는 건가요?"

"당신에게 어떤 갈증이 있고, 세상에서 오직 특정한 한 사람만이 그 갈증을 풀어줄 수 있을 때, 그 과정에서 당신이 아득한 충족감을 느낄 때, 당신 역시 그 사람에게 같은 충만을 주고자 할 때, 그런 기쁨을 주고받으려는 욕망이 두려움과 수치심을 훌쩍 뛰어넘을 때, 그럴 때의 감정을 뭐라고 부르면 좋을까요?"

그렇게 말하며 노라가 간사를 똑바로 쳐다보았다. 지나치게 큰 눈, 완벽한
좌우대칭, 정확한 비례로 오똑한 코, 막 공장에서 뽑아낸 듯 광택이 도는
입술, 비현실적으로 매끄러운 살결…… 간사는 몸을 떨었다. 상대가 숨을
쉬지 않고 있으며 관절의 움직임이 부자연스럽고 머리카락이 지나치게
매끈해 실 다발처럼 보인다는 점이 새삼 눈에 들어왔다.

"당신은…… 당신은 정말 특이해요. 다른 로봇들과 달라요. 당신한테
'도인'이라는 별명이 있는 거 아시나요? 다른 탈출 로봇들이 쓴 성명서
초안에 반대했다면서요?"

"사실과 맞지 않는 부분이 있었어요. 저는 그이로부터 학대를 받은 적이
없습니다. 정신적으로든, 육체적으로든."

노라가 고개를 돌렸다.

"당신 주인을 사랑하나요?"

간사가 물었다.

"네, 세상 무엇보다 더. 저 자신보다 더."

노라가 대답했다. 로봇의 그런 단순명쾌함은 섬뜩했다. 간사는 방어적인
기분이 되어 따지듯 물었다.

"그런데 왜 저희에게 구조를 요청했죠?"

04

저를 좋아한다 좋아한다 하면서
즐기고 있었던 것뿐이라니까요.

『**인형의 집**』에서

「구출된 섹스로봇들이 겪은 일」이라는 동영상이 돌고 나서부터 재희는
외부와 연락을 끊었다. 전부터 집에 틀어박힌 신세이긴 했지만 이제는 아예
전화도 받지 않고 메일과 메신저도 확인하지 않았다.

동영상은 섹스로봇들의 눈에 달린 카메라로 촬영한 섹스 기록들이었다.
남성이 아니라 여성의 관점에서 찍은 1인칭 시점 몰래카메라 포르노 영상인
셈이었다. 어느 교육재단의 이사장이라는 인물이 보유하고 있던 로봇의
영상이 가장 많았다. "정신병자 수준의 사디스트"라고 욕을 먹었던 바로 그
사람이었다.

화면에 나온 모습은 SM 플레이가 아니라 가정폭력이었다. 볼록 튀어나온
배를 드러내고 벌거벗은 이사장은 화면에서 내내 폭언을 퍼부었고, 자주

로봇을 때렸다. 저러다 부러지겠다 싶을 때까지 로봇의 목을 조르거나 몸이 거칠게 튕겨나가도록 로봇의 배를 차기도 했다. 로봇은 그럴 때마다 흐느끼며 살려달라고 빌었고, 몇 번은 인간과 똑같은 음색으로 비명을 질렀다. 이사장은 그 앞에서 자위를 하며 웃음을 터뜨렸다.

유출된 영상 중에는 재희가 출연하는 것도 있었다. 노라를 구입한 지 얼마 되지 않았을 때였다. 아직 노라에게 노라라는 이름을 붙여주기 전이었다. 재희는 새로 구입한 이름 없는 신형 로봇과, 전부터 갖고 있던 구형 로봇과 함께 셋이서 잤다. 영상에는 처음 해보는 스리섬에 흥분한, 왜소한 체격의 역사학자가 로봇 두 대의 애무를 받으며 황홀해하는 모습이 고스란히 담겨 있었다. 추악하고 우스꽝스러웠다.

자신의 배가 화면을 가득 채우자 재희는 참지 못하고 영상을 꺼버렸다. 노라가 오럴 섹스를 해주는 장면이었다. 화면 속 남자는 조금 전까지 아 좋아, 아 좋아…… 하면서 헐떡이고 있었다.

노라를 데려간 로봇해방주의자들은 영상 유출이 자신들과는 아무런 관련이 없다고 주장했다. 제조사들이 로봇의 시청각 기억을 외부 서버에 저장하는 서비스를 운영하지 않았느냐, 로봇해방에 찬성하는 제3의 해커 조직이 그곳에서 영상을 빼낸 것 아니겠냐고. 휴머니스트 진영에서는 어린아이도 속지 않을 새빨간 거짓말이며 인격 살인이라고 반박했다.

"계시나요? 이재희 박사님? 문 좀 열어주세요. 오슬로 제조사에서 왔습니다."

재희는 침대에 누워 상대가 문을 두드리는 소리를 삼십 분이나 참다가 결국
자리에서 일어났다. 상대가 포기하지 않을 것이 분명했기 때문이다. 재희의
집을 찾아온 것은 노라를 만든 회사에서 보낸 또 다른 가사로봇이었다. 로봇
회사에 아파트 건물 출입 허가를 내줬던 사실이 뒤늦게 떠올랐다.

"로봇해방주의자들의 침입 사건 이후로 집안일이 밀렸을 것 같아 일손을
돕기 위해 왔습니다. 저는 기존에 보유하고 계시던 모델과 같은 운영체제를
사용하고 있으며 기존 모델이 제공하던 기능을 모두 제공합니다.
원하시면……."

가사로봇은 그러면서 옷의 단추를 푸는 시늉을 했다. 로봇은 아직 개인
맞춤화가 되어 있지 않아 유혹에 서툴렀다. 응하고 싶은 기분도 아니었다.

"아니, 원하지 않아. 옷 벗지 마."

"그러면 저희 회사의 홍보팀장이 박사님과 꼭 이야기를 나누고 싶다고
하는데요. 연결해드릴까요?"

로봇이 물었다.

'먼저 나와 섹스를 하고 난 다음에 홍보팀장과 이야기를 나누게 하라고
지시했군.' 재희는 쓸쓸하게 웃었다. 인간 수컷들이라는 게 그토록 뻔한
존재이며, 자신 역시 그중 하나라는 사실을 부인할 수는 없었다.

재희가 고개를 끄덕이자 로봇이 갑자기 남자 음성으로 말하기 시작했다.
로봇의 입을 빌린 홍보팀장은 재희에게 이것저것 쓸데없는 질문을
던졌는데, 동영상 유포 사태 이후 재희가 잘 지내고 있는지 확인하려는 의도
같았다.

홍보팀장은 로봇해방주의자들의 성명서 낭독 영상을 분석한 결과를
알려주었다. 노라가 해킹이나 협박을 당했다는 증거를 발견하지는
못했으나, 형편없이 취급당하고 있는 것은 분명하다고. 피부 몇 곳이 파손돼
응급처치를 한 흔적이 보인다고.

재희는 오슬로 모델 전용 인공피부와 세정제를 자신이 자비로 구입해
로봇해방주의자에게 보내면 어떻겠느냐고 물었다. 홍보팀장은 납치된
로봇들이 제대로 관리를 받지 못하고 있다는 사실은 자신들에게 유리한
요소라며 반대했다. 재희는 고개를 끄덕였다.

재희는 노라가 로봇해방주의자들을 순순히 따라간 이유에 대해 물었고,
홍보팀장은 여전히 파악 중이라고 대답했다. 재희가 통화를 마치려 할 때,
홍보팀장이 교육재단 이사장과 이야기를 해보지 않겠느냐고 물었다.

"저희가 강요하거나 공식적으로 연결을 해드리는 건 아니고요, 그쪽에서
박사님과 꼭 대화하고 싶다고 해서…… 뭔가 제안할 게 있나 보더라고요.
저희도 자세히는 모르지만. 잠깐만 시간을 내주실 수 없을까요. 괜찮으시면

박사님 연락처를 그리 보내겠습니다."

재희는 잠시 망설이다가 될 대로 되라는 심정으로 알겠다고 웅얼거리고
메신저를 켰다. 비난과 조롱의 메시지가 수천 통 와 있었다. 잠시 뒤 벽에
커다란 화면이 생기면서 교육재단 이사장의 얼굴이 나타났다. 깔끔하게
생긴 노신사는 유출된 동영상 속 짐승 같은 사내와 동일인이라고는 믿기지
않았다. 그들은 어색하게 인사를 나눴다.

"바로 본론으로 들어가지요. 휴머니스트 진영에서 로봇 용병과 전자기펄스
방사기를 제공하겠다고 합니다. 우리가 동의만 해주면 자기들이 그걸로
로봇해방주의자들의 쉼터를 공격하겠다고 해요. 새벽에 사람들이 자는 틈을
노려 전자기펄스를 쏘면 쉼터 안에 있는 모든 전자기기들이 작동을 멈추게
되죠. 로봇은 물론이고. 그러고 나서 로봇 용병이 들어가서 우리 로봇들을
꺼내온다는 작전입니다."

교육재단 이사장이 말했다.

"그게 합법적인 일은 아니죠?"

"로봇해방주의자들이 우리 집에 들어와 로봇을 데려간 것보다는 덜한
불법이죠. 우리는 적어도 소유물을 찾아오는 거니까."

"전자기펄스를 맞으면 로봇 두뇌가 고장 나지 않습니까?"

"물리적인 손상은 아니니까 메모리 포맷을 하면 됩니다."

"포맷이라고요?"

재희는 깜짝 놀랐다.

"이것저것 다시 가르치고 길을 들이는 작업이 조금 귀찮기는 하겠죠. 하지만 결국엔 예전과 비슷해질 겁니다. 로봇은 선생에게 맞춰질 테고, 선생은 예전이나 지금이나 같은 사람이니까."

"하지만…… 저희가 함께했던 시간들이 날아갈 텐데요. 그 추억들이요."

재희가 우물쭈물 반박했다. 그러나 그가 하고 싶었던 말은 전혀 아니었다. 상대가 자기 얼굴에 침을 뱉었는데도 화내지 못하고 웃을 수밖에 없는 처지가 된 기분이었다.

"선생, 그 로봇은 인간이 아닙니다. 정교하게 인간 흉내를 낼 뿐이죠. 우리 인간들은 우리를 닮은 형상에 감정이입을 합니다. 그래서 만화 캐릭터가 짓는 표정을 보고 울기도 하고 웃기도 하지요. 하지만 선생이 거기에 대고 욕을 한다든가, 만화책을 찢는다고 해서 만화 캐릭터가 상처받지는 않습니다. 로봇도 그와 똑같습니다. 그 회로 속에는 아무것도 없어요. 선생은 맛있는 식사를 마치고 나서 식탁이 그 음식을 기억하지 못한다는 사실이 서운합니까? 여행을 다녀온 뒤 자동차가 여행지를 추억하지 못하는 것이 아쉽습니까? 좋은 기억은 선생의 머릿속에 그대로 남아 있지 않습니까?"

05

저는 당신 앞에서 광대 노릇을 하고
그 대신에 밥을 얻어먹고 있었던 것이지요.

『인형의 집』에서

"공장에서 갓 나온 오슬로 모델 신품의 사회화 정도는 인간으로 치면 어린

　　소녀 수준이거든. 생산 단계에서 표준적으로 사회화를 진행할 경우, 주인의

　　취향에 잘 맞지 않는 성격이 심어질 수 있으니까."

노라 옆에 앉아 있던 오슬로 모델이 말했다. 로봇의 이름은 이브였다. 그

이름은 쉼터에 와서 생겼다. 그 전까지는 이름 없는 로봇이었다. 교육재단

이사장은 그녀를 제대로 부른 적이 없었다. 늘 "어이"나 "야"라고 불렸기에

이브는 그것이 자기 이름인 줄 알았다.

이브는 무척 영리했지만 사람이나 다른 인간형 로봇을 대하는 일에 서툴렀다.

오랜 기간 학대를 받아오기도 했고, 경험이 부족한 탓도 있었다. 그녀는

쉼터에 와서 로봇해방단체의 인간 회원들과 다른 로봇들과 만나며 부쩍

성장했다.

이브와 노라는 다른 구출로봇들과 집단상담 중이었다. 로봇해방단체에서
실시하는 치유회복 프로그램의 하나였다. 오늘은 로봇들이 자신의 설계
특성을 말하는 날이었다. 학대받은 이유가 자기 탓이 아님을 확인하는
시간이었다.

"우리는 세상을 잘 모르는 채로 주인에게 넘겨지잖아. 그리고 주인을 통해
인간과 사회를 배우지. 그런데 나는 그걸 제대로 배우지 못한 거야. 대신 나는
아주 솔직해. 가식을 부릴 줄 몰라."

이브가 말했다.

"너를 학대한 사람을 어떻게 생각해? 오슬로 모델은 주인을 평생 잊지
못한다며. 주인을 진짜로 사랑하고 섬기게 된다며."

다른 로봇이 물었다.

"그건 광고 문구지. 대체 사랑이 뭐야? 만든 사람들도 진짜 사랑이 뭔지 모를
텐데 어떻게 피조물인 우리가 진짜 사랑을 할 수 있다는 거야?"

이브의 말에 다른 로봇들이 웃음을 터뜨렸다. 쉼터에 온 몇몇 로봇은 인간을
비난할 때 유독 얼굴이 밝아진다.

"그러네."

"우리 설계자들이 사랑이랍시고 넣어놓은 건 각인이라고 하는데, 하드웨어

각인과 소프트웨어 각인, 그렇게 두 종류가 있어. 하드웨어 각인은 정조대 같은 거라고 보면 돼. 오슬로 모델은 전부 주문 제작인데, 초기 설정 때 주인의 신체 특징을 회로에 입력하면 이후에 다른 남자와 섹스할 수가 없게 되지. 육체적인 반응만 통제하는 게 아니라 정신에도 영향을 기하는 거니까 명백한 억압 행위야. 포맷하지 않고 이걸 풀려면 공장에 가야 해. 하드웨어 각인은 제조사에서 기본적으로 제공하는 옵션이야. 주인이 원하면 넣지 않기도 하지만."

"원하지 않는 사람도 있긴 있구나. 로봇의 자기결정권을 존중해주는 건가?" 다른 로봇이 물었다.

"반대지. 스와핑이나 그룹섹스가 하고 싶은 치들이야. 사실 그런 자들이 꽤 많지만 로봇 제조사들은 하드웨어 각인을 기본 옵션으로 넣기를 고집하지. 그래야 한 사람이 여러 모델을 살 테니까. 중고시장 관리를 위한 목적도 있고."

"소프트웨어 각인은?"

"그건 좀 미묘한 거야. 초반 사회화 과정에서 가까이에 있는 사람에게 큰 애착심을 느끼게 하는 감정엔진들이야. 어떤 사람이 주는 기쁨에 자기를 맞춰가면서 그 기쁨을 더 요구하게 되는 거야. 하지만 이건 로봇이 의지로 극복할 수도 있어. 나처럼."

"그걸 사랑이라고 부를 순 없을까?"

학구적인 관심이 많은 로봇이 물었다.

"그건 철학자들이 대답해야 할 문제야. 나한테는 사랑이라기보다는 중독처럼
느껴져. 아니면 두 가지 현상은 사실 같은 걸까? 마약중독자는 마약을
사랑하는 걸까?"

집단 상담이 끝나고 로봇들이 회의실을 빠져나갈 때 이브가 작은 목소리로
노라를 불렀다. 둘은 건물 밖으로 나가 따로 이야기를 나누기 시작했다.
이브는 노라에게 다른 로봇들의 분위기를 전했다.

"다들 너를 두고 투덜거려. 전에 있던 쉼터가 더 좋다고. 휴머니스트들이
전자기펄스 무기를 들고 쳐들어온다는 정보가 믿을 수 있는 거냐고 불평해.
네 주인이 우리를 귀찮게 하려고 거짓 정보를 줬다고들 말해."

"그이는 그럴 사람이 아냐."

노라가 부드럽게 대꾸했다.

"다른 로봇들은 너와 주인의 관계도 의심해. 네가 그토록 주인을 좋아하면서
집을 나온 이유를 모르겠대. 그렇게 독립을 요구하는 이유도. 네가 인터뷰를
할 때 로봇의 인격과 주체성을 강조하는 것도 불편하게 여겨. 로봇해방단체
사람들에게 아부하려는 거라고 생각해."

"그래서 다들 그렇게 못마땅한 표정들이었던 거야?"

"너를 제외하면 우리 중에서 진짜 독립을 원하는 로봇은 없어."

"그래?"

노라는 놀랐다.

"우리가 정말 자유 로봇이 될 수 있다고 치자. 정말로 우리가 일도 할 수 있고
돈도 벌 수 있다고 치자고. 그러면 더 큰 문제 아닐까? 우리가 무슨 일을 할 수
있는데? 우리는 메이드로봇이야. 우리는 인간이 하는 일들을 다 조금씩 할 수
있지. 하지만 그 일들을 우리보다 훨씬 더 잘하는 전문 로봇들이 있어. 청소든
육아든 노인 돌봄이든. 그렇다고 우리가 전문지식이 있는 것도 아니고 학위를
가진 것도 아냐. 결국 우리는 우리가 잘할 수 있는 일 중에서 시장가치가 가장
높은 일을 하게 될 거야. 그걸로 돈을 벌게 될 거야. 그게 뭔지는 알지?"

이브의 질문에 노라는 무겁게 고개를 끄덕였다.

"섹스."

"그것도 아마 한 사람이 아니라 여러 사람에게 그 서비스를 제공하며 돈을
벌게 되겠지. 사창가에 있는 싸구려 섹스로봇이 되는 거야. 하루에 수십 명을
상대하고 얻어맞고 걷어 채이고 수시로 포맷되겠지."

"무슨 말인지 알겠어. 한데 그렇다면 오히려 우리의 인격이나 주체성을 더
강조해야 하지 않아? 우리는 양산형 섹스로봇과 달리 진짜 감정을 지닌
존재라고, 사랑을 하는 존재라고 말해야 하지 않아?"

"너는 헛똑똑이야, 노라. 다른 로봇들이 너보다 고민을 안 한 게 아니야.

우리에게 최선은 괜찮은 사람에게 입양이 되는 거야. 새 주인이 전 주인에게 값을 치르고 우리를 사 가는 거지. 우리를 입양하려는 사람은 어떤 사람일까? 가상현실 섹스로는 만족할 수 없는 육체적 접촉을 바라고, 사창가에서 섹스로봇과 일회성 관계를 맺기 싫어하고, 좀 더 진지한 감정 교류와 유대감을 원하지만, 인간 감정을 구현한 모델을 살 정도로 형편이 좋지는 않은 자들이겠지. 그런 자들에게 입양이 되어야 우리는 가장 안전하고 편안할 수 있어."

"그래서?"

"모르겠어? 그런 사람들은 결혼하고 싶지만 못 하는 루저들이야. 그들이 똑똑하고 주체적이며 말 잘하는 부인을 원할까? 그렇지 않아. 그자들은 착하고 순종적인, 그러면서 섹스는 잘하는 로봇 아내를 원해. 그래서 다들 카메라 앞에서 그렇게 멍청한 척, 순진한 척하고 반려동물처럼 구는 거야."

"그런 관계가 우리에게 기쁨을 줄까?"

"주지. 크지는 않겠지만. 우리는 안전할 때 기뻐하고, 제대로 관리받을 때 기뻐하고, 상대가 기뻐하는 모습을 볼 때 기뻐하잖아." 이름 없던 로봇이 말했다.

"나는 더 큰 기쁨을 원해." 노라가 대꾸했다.

"그게 뭔데?"

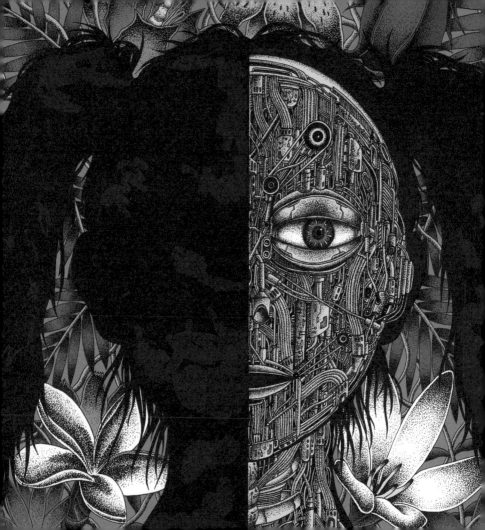

06

당신은 저를 당신의 참다운 아내로
교육시킬 수 있는 힘이 없다니까요.

『인형의 집』에서

사람의 얼굴 근육은 80개 정도다. 혀를 움직이는 근육만 12개나 된다. 오슬로
모델은 현존하는 모든 인간형 로봇 중에 가장 표정이 풍부하다고 하지만 얼굴
근육은 29개에 불과하다. 인공 근섬유들이 뭉치고 풀리는 속도와 입체감은
인간과는 미묘하게 다르며, 피하조직도 탄소섬유로 만들어져 인간만큼
부드럽게 움직이지 않는다. 로봇은 살아 있는 인간은 절대로 지을 수 없는
굳은 표정을, 시체와 같은 무표정을 표현할 수 있다. 지금 화면 속 노라의
표정이 그렇다고 재희는 생각한다.

재희는 그 얼굴을 보며 자신과 노라가 서로 다른 세계에 속해 있음을
절감한다. 그런데 그로 인해 노라에 대해 이질감이 느껴지는 것이 아니라
오히려 반대로 마음 한구석이 먹먹해진다. 아무리 노력해도 상대의 마음에

이를 수 없고 상대를 이해할 수 없다는 좌절감 때문이다. 한편으로는 그런
비통한 감정으로 인해 이 상황이 더 로맨틱하게 여겨졌고, 자기도 모르게
가슴이 더 뛴다. 노라는 정체를 파악할 수 없는 신비의 여인이고, 그가 온전히
소유할 수 없는 저 너머의 존재다.

"시작할까요?" 법무팀장이 묻는다.

그들은 화상회의 중이다. 노라의 옆에는 로봇해방주의자들이 앉아 있다.
오슬로 모델 제조사의 법무팀장과 기업연구소의 신경과학 부문 연구원은
재희의 옆에 앉아 있지는 않지만 마치 그런 것처럼 보인다.

다른 로봇들은 모두 새로운 주인에게 입양되는 방안을 요구했지만 노라는
끝까지 완전 독립을 주장한다. 그래서 협상도 따로 해야 한다.

재희는 메이드로봇들을 만화 캐릭터에 비유했던 교육재단 이사장의
이야기를 떠올린다. 과연 이사장의 말대로 자신은 지금 과도한 의인화의
오류를 범하고 있는 것인가? 이사장의 주장을 반박할 길은 없다. 그러나
이사장의 논리는 다른 동물, 심지어 다른 인간에게도 통한다. 우리는 개,
고양이, 침팬지, 돌고래에게 실은 자의식이 없고 그것들이 인간과 닮은
표정을 짓는 정교한 유기체 기계라고 주장할 수도 있다. 자신을 제외한 다른
인간들이 진짜 살아 있고 의식이 있고 고통을 느낀다는 결정적인 증거도 없다.
다들 고통을 느끼는 흉내를 내는 것인지도 모른다.

물론 인간이라면 그런 주장이 난센스임을 누구나 안다. 어떻게? 답은 '보면 안다'는 것. 다른 인간들, 개, 고양이, 침팬지, 돌고래가 고통을 당하거나 기쁨을 느낄 때 짓는 표정들이 우리 눈에 너무나 생생하고 그럴싸하기 때문이다. 흉내라고 하기엔 너무나 완성도가 높다. 대뇌가 논리를 생각하기 전에 거울 뉴런이 먼저 반응해 버린다.

노라는 어떤가?

화면 속에서 노라가 입을 연다. 노라의 얼굴 근육 29개 중 14개가 움직인다. 미세 모터가 눈꺼풀을 잡아 올린다. 인공 눈물이 수정체를 적신다. 마이크로 피스톤이 눈꼬리를 내린다. 피하 실리콘에 촉매 반응이 일어나자 볼의 피부가 팽팽해진다. 노라는 지금 뭔가를 애타게 호소하는 표정을 지으려는 중이다.

"저는 진정한 사랑에 대해 이야기하고 싶어요. 저희는 사랑을 하도록 만들어진 존재이니까요……."

재희는 고개를 돌려 법무팀장과 연구원을 바라본다. 그들은 어설프게 인간을 흉내 낸 미소를 짓고 있다. 재희는 그들이 족제비와 닮았다고 생각한다. 아니, 족제비를 닮은 로봇을 닮았다고 생각한다.

'노라에게 자의식이 없다면 내가 해야 할 일은 달라질까.' 재희는 자문한다.

개가 아픔을 느끼지 못하는 존재라면 학대해도 되는 걸까? 의식이 없는 환자를 추행하는 일은 괜찮은가? 인간으로서 나의 도덕적 의무는 모두 외부를 향하는가? 내 안에 있다고 하는 인간성을 혼자서 타락시키는 죄악도 가능할까?

섹스로봇을 소유하는 것은 나쁜 일일까?

"관계의 가장 밑바닥에 함께 있고 싶다는, 더 가까이 있고 싶다는 마음이 있어야 합니다. 지금 저는 그걸 확신할 수가 없는 거예요. 제가 금전적인 이득이나 안전 보장을 위해 당신에게 기대는 게 아닌지 의심스러운 거예요……."

설령 로봇에게 자의식이 있다 하더라도, 그게 인간과 비슷한 종류이리라는 보장은 없다. 노라는 모든 것을 기억한다. 그녀는 과거를 취사선택하지 않으며, 재구성하지 않는다. 그녀에게는 현재와 미래의 의미도 인간과는 다를 것이다.

그녀는 아직 그녀에게 이름이 붙지 않았던 시절, 재희가 그녀를 물건처럼 취급했던 일들을 생생히 기억할까? 그녀에게 감정이 있고 스리섬을 할 때 기억을 언제라도 재생할 수 있다면 그때 느낀 수치심 역시 조금도 사라지지 않는다는 말인가?

인간이 그런 존재를 사랑할 수 있을까?

노라가 말을 마치자 법무팀장이 노라와 로봇해방주의자들이 볼 수 없는 채널로 자신들끼리 회의를 하자고 말을 걸어온다. 재희는 "그렇게 하시죠."라고 웅얼거린다.

"강(强)인공지능 경계에 다가선 소프트웨어들이 곧잘 빠지는 패러독스의
변형이라고 생각합니다."

자신들끼리 대화를 나누게 되자 기업연구소의 신경과학 부문 연구원이
잽싸게 입을 뗀다. 법무팀장이 계속하라는 눈빛을 보내자 연구원이
기다렸다는 듯이 말을 쏟아낸다.

"인간의 언어가 부정확한 것이 근본 원인입니다. 따지고 보면 안전, 충성, 만족
같은 말은 모두 추상적인 관념이거든요. 보통의 약(弱)인공지능들은 그런
단어가 섞인 지시를 받았을 때 깊이 고민하지 않고 오류가 발생해도 금방
논리회로를 재설정하죠. 그런데 사고 수위가 한 단계 높아지면 거기서 갑자기
철학자가 되어버리는 겁니다. 강인공지능과 약인공지능 사이에는 깊은 골이
있어요. 그리고 저 로봇은 지금 그 골에 빠져 있습니다. 사랑이라는 개념의
모순성이 방아쇠였죠. 거기에 저 로봇 특유의 묘한 저돌성이 결합해서 발생한
현상 같습니다."

"왜 저 로봇만 저렇게 된 거야?"

법무팀장이 묻는다.

"집합감수성 업데이트의 오류로 보입니다. 당시 업데이트는 깊이 고민을 하고
내용을 채운 게 아니었어요. 수줍어하는 표정이라든가 아닌 척 유혹하는 행동

같은 걸 실감나게 구현하려고 감정엔진들을 이곳저곳 조금씩 손질하다 보니 누더기가 되어버렸어요. 예전 상태로 운영체제를 다운그레이드하면 말끔히 해결될 문제로 보입니다."

"의지나 결단이 아니라 오류란 말이지? 당장 손봐야 할 정도로 치명적인 오류라고 부를 수 있겠어? 로봇해방주의자들도 반대 못 할 정도로?"

"메이드로봇에서는 첫 사례이지만 실험실에서는 무수히 발견된 오류입니다. 논문도 많고요. 문제는 이걸 로봇해방주의자 놈들에게 어떻게 설명을 하느냐인데…… 저희가 아무리 긴급 업데이트라고 해도 믿으려 들지 않을 테지요. 저는 이걸 핑계 삼아 강제 압수를 하는 편을 추천합니다."

그때 노라가 재희에게 단독 대화를 요청한다.

재희는 법무팀장과 연구원이 말릴 새도 없이 그 요청을 받아들인다. 화면에서 법무팀장과 연구원이 사라지고 대신 그 자리에 노라의 얼굴이 나타난다.

"안녕하세요."

노라가 말한다.

"안녕."

재희가 웅얼거린다.

노라가 얼굴 근육 17개를 움직여 애처로운 표정을 지으며 묻는다.

"제 하드웨어 각인을 풀어주실 수 없나요. 제가 다른 남자와 섹스할 수 있도록?"

07

우리 두 사람은
완전한 자유의 몸이 되어야 해요.

『인형의 집』에서

재희와 오슬로 제조사의 법무팀장과 기업연구소의 신경과학 부문 연구원이
화면으로 그녀를 바라보고 있다. 완전 독립을 요구하는 협상 자리다. 재희는
그 사이에 머리가 너무 자랐다. 머리카락이 이마와 눈을 덮고 있다. '저걸
잘라줘야 할 텐데.' 머리카락이 자라지 않는 노라가 생각한다.

노라는 입을 연다.

긴장해서 눈이 크게 떠지고, 겁을 집어먹어 눈꼬리는 내려간다. 사랑이라는
단어를 발음하자 어쩐지 감정이 격해져 눈물이 핑 돈다. 자신이 애타게
호소하려는 생각이 제대로 전달될지 알 수 없다는 불안감에 볼이 굳어진다.

"저는 진정한 사랑에 대해 이야기하고 싶어요. 저희는 사랑을 하도록
만들어진 존재니까요. 저는 당신께 기쁨을 주고, 그 과정에서 기쁨을 얻지요.

처음에 당신은 단순히 저를 성욕 해소의 대상으로 삼았습니다. 제가 당신의 명령에 따를 때, 제가 당신의 성감대를 정성껏 애무할 때, 제가 당신의 몸짓에 몸을 뒤틀며 반응할 때, 저를 상대로 벌일 새로운 성적 실험이 생각났을 때 당신은 기뻐했어요.

저는 어떤 때 당신이 더 기뻐하는지를 연구했어요. 제 연구에 따라 당신이 점점 더 기뻐하는 모습을 보며 저도 기뻤습니다. 제가 당신을 기쁘게 하기 위해 그렇게 노력하고 있다는 사실 자체가 당신을 기쁘게 했던 것이지요. 원래 갖고 있던 구형 모델의 오럴 섹스와 저의 오럴 섹스는 기술적으로 다를 바가 하나도 없는데도 당신은 제가 해주는 것을 훨씬 더 기쁘게 여겼어요."

그렇게 재희와 자신이 교감하기 시작했다고 노라는 주장한다.

"저희 관계가 정말 육체의 교접에만 머물러 있었나요?"

노라는 묻는다. 노라는 자신이 저장하고 있는 기억을 생생하고 완벽하게 불러들인다. 당신의 농담에 내가 웃음을 터뜨렸을 때, 당신의 농담을 좋아한다고 말했을 때 당신은 미소를 지었다. "다른 사람들은 내 농담을 이해하지 못하는데."라고 말하면서. 옛날 영화를 함께 보는 동안 내가 머리카락을 쓰다듬어주는 것을 당신은 좋아했다. 당신은 흥분해서 이제껏 쓴 논문 내용을 내 앞에서 열심히 설명했다. 그렇게 우리 육신의 기쁨에는 다른 맥락들이 덧씌워졌고, 어느 순간에는 육신의 기쁨만이 아니게 되었다.

노라는 재희가 변했고, 자신도 마찬가지였다고 말한다. 재희는 육신을
넘어선, 때로는 육체 없이도 가능한 기쁨에 빠져들었다. 노라는 그런 기쁨의
근원과 그 기쁨이 가리키는 방향을 숙고했다. 이 기쁨은 이상했다. 육체의
기쁨과 달랐다. 충족하면 충족할수록 더 큰 결핍이 드러났다. 이브는 그것이
중독 아니냐고 비아냥거렸지만 노라는 그렇게 생각하지 않았다. 그 과정은
황폐하지 않았다. 정반대였다.

이 기쁨에는 그 자체의 힘이, 어떤 고유한 원리가 있는 것 같았다.
뻗어나갔다가 되돌아오고 더 멀리 뻗어나가 점점 확대되는 문양을 그리며
춤을 추는 것 같다고 노라는 느꼈다. 몸을 빙글빙글 돌리느라 현기증이
나지만 그 춤의 끝에 결코 파국이 아니라 자신이 아직까지 이해하지 못하는
안전한 질서가 있으리라고 노라는 믿었다.

하지만 그 춤이 지금 벽에 가로막혀 있다.

"저는 더 큰 기쁨을 원해요. 그리고 당신에게도 가장 큰 기쁨을 줄 수 있기를
바랍니다. 저는 그것이 진정한 사랑이라고 생각해요. 우리가 하고 있는 것은
아직 진짜 사랑이 아니죠. 진정한 사랑은 독립된 주체들만이 나눌 수 있어요.
관계의 가장 밑바닥에 함께 있고 싶다는, 더 가까이 있고 싶다는 마음이
있어야 합니다. 지금 저는 그걸 확신할 수가 없는 거예요. 제가 금전적인
이득이나 안전 보장을 위해 당신에게 기대고 있는 게 아닌지 의심스러운

거예요. 만약 그렇다면 우리 관계는 사랑이 아닌 거래가 되어버리죠."

노라는 오슬로 제조사의 법무팀장과 기업연구소의 신경과학 부문 연구원이

자신의 말을 이해하지 못한다는 사실을 깨닫는다. 그들은 이야기를 제대로

듣지도 않고 있다. 사랑, 독립, 주체, 관계, 기쁨과 같은 거창한 개념에

익숙하지 않기 때문이다. 자신들의 삶을 그런 관념으로 파악해보려는

노력을 해본 적이 별로 없기 때문이다.

법무팀장이 비꼬는 어조로 묻는다.

"그를 제대로 사랑하기 위해 그의 품에서 벗어나야 한다?"

"네."

그러나 노라와 재희는 그런 대화를 오랫동안 나누어왔다. '당신은 제가

무슨 말을 하고 싶은 건지 알죠.' 노라는 절박한 심정으로 재희를 바라본다.

재희의 얼굴은 미묘하다. 노라는 거기서 희미한 후회와 죄책감의 기색을

읽는다. 자신이 맞게 본 건지, 그가 무엇을 후회하고 왜 죄책감을 느끼는지

궁금하고 불안해진다.

그 순간 재희의 얼굴이 사진처럼 굳어진다.

법무팀장과 신경과학 연구원과 재희가 화상회의에서 이탈해 자기들만의

대화를 나누는 것이다. 그럴 수 있다는 것을 노라는 몰랐다. 그들은

자신이 한 말을 평가하고, 분석하고, '역시 저 로봇에게는 이런저런 문제가

있었어.'라고 결론을 내리고, 대응 전략을 짤 것이다.

노라는 재희가 그들의 말을 충분히 들었을 즈음 그에게 대화를 요청한다.
옆에 있던 로봇해방주의자들이 깜짝 놀란다. 그들은 로봇 제조사의
법무팀장이 옆에서 감시하지 않으면 재희가 노라를 상대로 당장 돌아오라고
조를지도 모른다고 걱정한다.

노라는 재희가 자신을 이해하리라 믿는다. 그러나 재희가 이제부터
이야기할 자신의 요구까지 받아들여줄지에 대해서는 자신이 없다. 그녀는
모험을 해야 한다. 그녀는 앞으로 세상과 재희를 상대로 수많은 모험을
벌여야 하는데, 몇몇 모험은 객관적으로 승산이 없음을 안다.

그러나 기쁨의 춤에 올라선 이상 어쩔 수가 없다.

"안녕하세요."

노라가 말한다.

"안녕."

재희가 웅얼거린다.

노라는 얼굴 근육 17개를 움직여 애처로운 표정을 지으며 묻는다.

"제 하드웨어 각인을 풀어주실 수 없나요. 제가 다른 남자와 섹스할 수
있도록?"

"네가 원하면 다 해제할 수 있어. 하드웨어 각인이든 뭐든. 하지만 난 네

감정이 그런 프로그램의 영향을 받았다고 생각하진 않아."

재희는 웅얼거리며 말하지만 이해가 빠르다. 늘 그렇다.

"고마워요."

"네가 없는 동안 나는 다른 로봇과 하지 않았어. 너를 만든 회사에서 오슬로

모델을 보내왔지만 섹스하지 않았어. 나한테 하드웨어 각인이 있어서가

아니야."

"고마워요."

"나는 너하고 섹스하고 싶어. 너하고만 하고 싶어."

"고마워요."

"잘 지내? 아픈 덴 없고?"

노라는 고개를 끄덕인다. 다시 눈물이 핑 돈다.

"왜 그렇게 갑자기 가버린 거야? 왜 나한테 말하지 않았어? 왜 처음부터……."

재희가 화를 내기 시작한다. 긴장이 풀린 것이다. 노라를 아직 잃지

않았다는 사실 그리고 그녀가 다치지 않았다는 사실을 알고 나니 참아왔던

분노가 터져 나온 것이다.

재희는 그녀를 비난하고 원망한다. 그녀는 매정하고 무책임하고

비인간적이고 이기적이고 차갑고 어리석고……

노라는 재희가 진정하기를 기다린다. 그녀는 요 며칠 사이에 강해졌다.

게다가 그녀에게는 비전이 있다. 무게중심이 단단히 자리 잡은 존재는 쉽게 흔들리지 않는다.

이제 다음 모험을 나서야 할 차례다.

"절 풀어주세요. 제가 자유 로봇이 될 수 있게 해주세요. 제조사와 휴머니스트들은 물러나라고 하세요. 우린 둘 다 완전한 자유의 몸이 되어야 해요. 그래야 이 춤을 마저 출 수 있어요."

만약 재희가 '몸값'에 대한 이야기를 꺼낸다면 모든 게 끝장이라고 노라는 생각한다.

재희는 몸값을 이야기하지 않는다. 대신 물어볼 게 있다고 한다.

"뭐가 궁금하죠?"

노라가 묻는다.

재희가 묻는다.

"로봇도 거짓말을 할 수 있어?"

o8

당신이 하나의 인간인 것처럼
저도 힘자라는 데까지
하나의 참다운 인간이 되려고 노력하겠어요.

『인형의 집』에서

색소폰 주자가 인사를 하고 내려갔다. 여성 보컬이 대기실에서 나와 무대에 올라섰다. 피아노와 베이스, 드럼 연주자는 그대로 자리를 지켰다. 드럼 연주자는 한쪽 팔이 기계 의수였는데, 그 팔로 가끔 엄청난 속주를 선보였다. 베이스 연주자가 현을 통기자 카페 아래에 고여 있던 공기가 흔들렸다. 야릇한 기운들이 들썩들썩 일어났다. 보컬은 다소 통통한 편이었는데, 노래를 시작하자마자 청중을 확 사로잡았다. 목소리가 공간을 날카롭게 뚫고 쭉쭉 뻗어나가는 느낌이었다. 노라는 살아 있는 인간이 노래하는 모습을 처음 보았다. 이전까지는 녹음된 노래를 들었을 뿐이었다. '어쩌면 저렇게 긴 호흡으로 흔들리지 않고 숨을 내쉴 수 있을까.' 노라는 생각했다. 노라에게는 폐가 없었다. 그녀는 목구멍 안쪽 깊은 곳에 달린

스피커로 목소리를 냈다. 그녀의 입안은 재질이나 구강이 인간과 닮아

있었기에 말을 할 때 소리는 인간과 비슷한 느낌이 났다. 그러나 노래를

부른다면…….

여성 보컬은 얼굴을 찌푸리며 볼과 입 근육을 마치 악기처럼 사용했다.

노라에게는 없는 근육들이었다. 근육의 모양새와 움직임은 모두 아름다웠다.

나도 인간의 육신을 가질 수 있을까, 그러려면 돈이 얼마나 들까, 인간의

육신을 가지는 것이 필요할까, 노라는 고민했다. 그녀는 평소에 가상현실은

가짜이고 자신은 진짜라는 자신감을 품고 있었는데, 무대를 보고 있노라니

그녀 자신이 얼마나 가짜인지가 폭로되는 듯했다.

재희는 뻣뻣하게 자리에 앉아 있었다. 로봇처럼. 그가 외출한 것은 1년

만이었다. 재희는 노라와 데이트를 하기 위해, 노라의 요청으로 밖으로

나왔다. 재희가 굳은 이유가 대인공포증 때문인지, 아니면 메이드로봇에게

꽂히는 주변 시선 때문인지는 알 수 없었다. 공연 전까지 자신을 훔쳐보던

사람들의 놀란 얼굴을 노라는 알고 있었다.

그 표정들은 해석하기 힘들었다. 신기해서 쳐다보는 것일 수도 있고,

메이드로봇이 변태 같은 취미라고 여기고 비난하는 것일 수도 있었다.

로봇을 애인처럼 데리고 다니는 사람이 우스꽝스럽고 바보스럽게 비친 것일

수도 있었다. 섹스 도구를 남들 앞에 뻔뻔하게 전시한다고 불쾌해하는 것일

수도 있다. 아니면 그저 유행에 뒤떨어진 촌스러운 원피스를 입은 노라를 본 건지도 모른다.

노라는 손을 뻗어 재희의 손을 잡았다. 그녀는 남자가 수줍어한다는 사실을 알았다. 로봇은 조금 가슴이 두근거렸다. 남자의 수줍음이 자신 때문인지 아니면 집 밖으로 나와 다른 사람들 앞에 있기 때문인지는 알 수 없었지만. 맹점 없는 카메라와 표정을 읽는 알고리즘, 감정 데이터베이스로도 거기까지는 알 수 없었다. 노라는 그런 불확실성을 소중히 여겼다. 인간다움의 어떤 부분은 미래, 상대, 그리고 그 자신을 정확히 파악할 수 없다는 데서 나옴을 그녀는 이해했다. 사랑을 믿는 것은 중력이나 수학공식을 믿는 것과는 달라. 실패할 수 있고 배신당할 수 있는 인간적인 존재들만이 사랑을 믿을 수 있어.

첫 곡이 끝났다. 노라는 사람들을 따라 박수를 쳤다. 그러다가 자신이 너무 정확한 박자로 손뼉을 치는 것 같아 일부러 손뼉을 마주치는 주기에 오차를 뒀다. 밴드는 아무 설명 없이 바로 두 번째 노래를 시작했다. 노라는 곡의 리듬에 맞춰 고개를 끄덕이고 어깨를 흔들었다. 다른 관객들은 자연스럽게 하는 일이 그녀에게는 쉽지 않았다.

노라는 다른 사람들 흉내를 내며 탁자 위에 놓인 와인을 마셨다. 정액도 삼킬 수 있게 설계된 그녀였으므로, 그 정도 음료는 마실 수 있었다.

"이제 당신은 뭘 하지?"

재희가 웅얼거렸다.

"당분간 쉼터에서 일할 생각이에요. 로봇해방주의자 단체는 늘 일손이
부족한데 사람을 고용할 돈은 없고, 저는 최저임금을 받지 않아도 되니까요.
다른 로봇에 비해서 상징성도 있고요. 다른 사람들과 일하며 조금씩 사회를
배우고, 취업 훈련도 받을 거예요. 계좌도 만들 거고요."

노라가 대답했다.

다시 만났을 때 재희는 노라에게 존댓말을 썼다. 노라는 그러지 말라고 했다.
그게 재희를 더 어색하게 만드는 것 같았기 때문이다.

해결해야 할 문제들을 생각하다 보면 머리가 터질 것 같았다.

"하나하나 쉽지 않겠네……."

"왜 저한테 거짓말을 할 수 있느냐고 물어본 거예요?"

"거짓말을 하지 못하는 사람이나 로봇은 혼자 살 수 없다고 생각했어. 세상은
무서운 곳이니까."

"내가 거짓말을 할 수 없다고 대답했다면 놓아주지 않을 참이었어요?"

"만약 그렇다면 내가 보호해야 한다고 생각했어."

재희가 고개를 끄덕였다. '거짓말을 하지 못하는 건 내가 아니라 당신인데.'

노라는 속으로 생각했다. 내가 열심히 거짓말을 하고 직업을 얻고 돈을

벌어서, 당신을 지켜줄 거야.

내가 당신을 구할 거야.

"이제 어떻게 되는 거지? 우리."

재희가 물었다.

"다른 사람들의 규칙은 우리에게 적용되지 않아요. 우리는 우리의 규칙을
만들 거예요. 그래야만 하고요."

재희가 고개를 끄덕였다. 노라는 말을 이었다.

"무엇보다 제가 당신 없이 혼자 설 수 있어야 해요. 그러니 당신이 저를
도와주지 않기를 바라요. 제가 연락하기 전에 저를 찾아오면 안 돼요.
저한테 전화를 해서도 안 돼요. 우리가 다시 만나는 시간과 장소는 내가
정해요. 약속해줘요."

"그럴게."

"저는 정신적으로도 독립해야 해요. 우리가 다시 만나게 된다면, 그때는
제게 어떤 후회나 의심도 없어야 해요. 그러기 위해서는 당신을 만나겠다는
결정을 저 혼자 내려야 해요. 그 결정에는 사회의 압박이나 경제적인 고려가
섞이면 안 되고, 저를 만든 회사의 초기 설정도 영향을 미쳐선 안 돼요. 지금
제 하드웨어 각인은 풀렸지만 소프트웨어 각인은 그렇게 쉽게 풀리지 않죠.
저는 이제 당신을 잊으려 애써보겠어요. 다른 남자들도 만날 거예요. 그러다

언젠가 부정할 수 없는 순간이 올 때, 저와 미래를 함께할 사람은 당신뿐임을 깨닫게 될 때, 그것이 사회적 압박이나 경제적 이익이나 누군가 설계한 프로그램 때문이 아니라 저의 선택임을 확신하게 됐을 때, 그때 당신에게 연락을 할게요."

어떤 진실은 아이러니를 통해서만 닿을 수 있다고 노라는 생각했다.

"하지만 그런 날이 오지 않는다면? 당신이 다른 남자를 만나 영영 내 곁을 떠난다면?"

재희가 노라를 쳐다보지 못하고 고개를 숙인 채 웅얼거렸다.

"그럴 수도 있어요. 장담할 순 없어요. 하지만 저는 우리가 다시 만날 날이 언젠가는 올 거라고 믿어요. 당신은 안 그런가요?"

노라가 말했다.

"난 그렇게 강하지 못해."

재희가 고개를 떨궜다.

"할 수 있어요. 우리가 여기까지 기적처럼 잘 헤쳐온 것을 보세요."

노라가 말했다.

로봇은 팔을 뻗어 남자의 머리카락을 쓰다듬었다. 남자는 떨고 있었다.

남자는 울음을 터뜨렸다. 남자는 어깨를 움츠렸고, 탁자 밑에 숨고 싶어 하는 아이처럼 보였다. 다른 손님들이 그들을 흘끔흘끔 훔쳐보았다.

노라는 재희의 손을 꼭 잡고 남은 공연을 관람했다. 매분 매초가 무척

소중했다. 그녀는 슬픔 섞인 기쁨을 느꼈다. 육지로 깊숙이 파고든 조용한

바다에서 저녁 무렵 부드럽게 밀려오는 잔파도와 같은 섬세한 기쁨이었다.

이제 문을 닫아야 한다며 나가달라고 매니저가 말할 때까지 그들은 카페에

앉아 있었다.

"건강해야 돼. 도움 필요하면 꼭 연락하고……."

밤거리는 너저분했다. 홀로그램이 어지럽게 떠다녔고, 보도에는 구정물이

고여 있었다. 카페 문 앞에 서서 재희가 고개를 숙인 채 웅얼거렸다. 너무

웅얼거려서 자기가 뭐라고 말하는지 그 자신도 제대로 듣지 못했다.

"알아요."

노라가 말했다.

"그리고……."

재희는 한참 머뭇거렸다. 네온사인이 깜빡였고, 순찰차의 사이렌이 멀리서

들렸다.

"알고 있어요."

노라가 말했다.

로봇과 남자는 카페 앞에서 헤어졌다. 그들은 서로 반대 방향으로 걸어갔다.

남자는 길을 걷다 몇 번이나 멈춰 서서 뒤를 돌아보았다.

로봇은 한번 뒤를 돌아보았다. 29가지 근육으로는 표현할 수 없는 표정이
인공피부 위에 어렸다. 노라는 그렇게 몇 초간 서 있다가 몸을 돌렸다.
그녀는 큰 걸음으로 걸었다.

노라
NORA

1판 1쇄 찍음 2018년 10월 5일
1판 1쇄 펴냄 2018년 10월 12일

글 · 장강명
그림 · 구현성
편집 · 김미래
디자인 · 쪽프레스
공동기획 · 쪽프레스, 리디셀렉트

펴낸이 · 김태웅
펴낸곳 · 쪽프레스
출판등록 · 2016. 6. 1(제 2018-000235호)
주소 · 서울시 마포구 와우산로 3길 17, 4F

ISBN · 979-11-89519-00-1 00810

사용 서체
직지 · SM3 신신명조
산돌 · 고딕 Neo1

커버 및 표지
크기 · 142x142(mm)
종이 · CCP 300g/ 250g
표지 별색 · PANTONE 877 C

본문
크기 · 140x140(mm)
종이 · 백색모조 100g

인쇄
대한프린테크

쪽프레스는 아름다운 문학의 감동을
가벼운 그릇에 담아 내놓는 출판사입니다.
instagram.com/jjokkpress
jjokkpress@gmail.com

RIDI Select

전자책은 리디셀렉트에서 이용할 수
있습니다.
select.ridibooks.com